AF312125

COLLECTION

DE

Mᵐᵉ BALLETTA

375 - 2020
Hellen

CATALOGUE

DES

OBJETS D'ART

ET D'AMEUBLEMENT

DU XVIIIᵉ SIÈCLE & AUTRES

Faïences et Porcelaines variées

Porcelaines de Sèvres, pâte tendre, et de Saxe

PORCELAINES DE CHINE

BOÎTES, MINIATURES, ÉVENTAILS, SCULPTURES, OBJETS DIVERS

Pendules, Bronzes, Sièges et Meubles

SIÈGES COUVERTS EN ANCIENNE TAPISSERIE

TAPISSERIES, RIDEAUX, TAPIS

Piano à queue de PLEYEL

TABLEAUX ANCIENS

ET MODERNES

AQUARELLES, DESSINS, PASTELS

GRAVURES DES ÉCOLES FRANÇAISE ET ANGLAISE DU XVIIIᵉ SIÈCLE

Appartenant à Madame BALLETTA

ET DONT LA VENTE, POUR CAUSE DE DÉPART, AURA LIEU A PARIS

HOTEL DROUOT, Salles Nᵒˢ 9, 10, 11

Les Mercredi 8, Jeudi 9 et Vendredi 10 Mai 1912

et SALLE Nᵒ 1, le Samedi 11 Mai 1912, à 2 heures

COMMISSAIRES-PRISEURS

Mᵉ F. LAIR-DUBREUIL	Mᵉ HENRI BAUDOIN
6, rue Favart, 6	16, rue Grange-Batelière, 16

EXPERTS

Pour les Tableaux :		Pour les Objets d'Art
M. JULES FERAL	MM. MANNHEIM	M. G. GUILLAUME
7, rue Saint-Georges, 7	7, rue Saint-Georges, 7	13, rue d'Aumale, 13

EXPOSITIONS

PARTICULIÈRE : *Le Lundi 6 Mai 1912, de 1 heure 1/2 à 6 heures*

PUBLIQUE : *Le Mardi 7 Mai 1912, de 1 heure 1/2 à 6 heures*

CONDITIONS DE LA VENTE

Elle sera faite au comptant.

Les acquéreurs paieront *dix pour cent* en sus des enchères.

L'Exposition mettant le public à même de se rendre compte de l'état et de la nature des objets, il ne sera admis aucune réclamation une fois l'adjudication prononcée.

Paris. — Imprimerie Georges Petit, 12, rue Godot-de-Mauroi. — 2108/12.

ORDRE DES VACATIONS

DÉSIGNATION

Gravures Anciennes

BOILLY

(D'après)

DEUX PENDANTS

1 — *La Douce Résistance.*

2 — *On la tire aujourd'hui.*

Deux gravures par TRESCA, imprimées en couleur.
Très belles épreuves avec marges.

BOILLY

(D'après)

3 — *Le Réveil prémédité.*

Gravure par WOLFF, imprimée en couleur.
Très belle épreuve avec marge.

BOILLY

(D'après)

4 — *Qu'elle est gentille !*

Gravure par BONNEFOY, imprimée en couleur.
Très belle épreuve avec marge.

BOSIO
(D'après)

5 — *La Bouillotte.*

     Gravure en couleur.

CARMONTELLE
(D'après L.-C. DE)

6 — *Vue des ruines du Temple de Mars.*

7 — *Vue du Château ruiné avec sa cascade.*

8 — *Vue du Moulin à eau.*

     Trois gravures par L'Épine, Deny et Couché, en couleur.

DEBUCOURT
(Par et d'après)

9 — *Frascati.*

     Gravure en couleur.
     Très belle épreuve.

DESRAIS
(D'après)

10   *Le Mari complaisant.*

     Gravure par Mixelle, imprimée en couleur.
     Restaurée.

GÉRARD
(D'après Mlle)

11 — *Je les relis avec plaisir.*

     Gravure imprimée en couleur.

GROS
(D'après le baron)

12 — *Napoléon Bonaparte, premier Consul.*
Gravé par W. DICKINSON, en couleur.
Marge.

HARRIET
(D'après)

13 — *Le Thé parisien.*
Gravure en couleur.

HUET
(D'après)

DEUX PENDANTS

14 — *L'Amant écouté.*
15 — *L'Éventail cassé.*
Deux gravures par BONNET, imprimées en couleur.
Superbes épreuves avec marges.

LAVREINCE
(D'après)

16 — *La Comparaison.*
Gravure par JANINET, imprimée en couleur.
Coupée au-dessus du titre.

REGNAULT
(Par et d'après)

17 — *La Nuit.*
Gravure en couleur.
Petite marge.

SCHALL
(D'après)

18 — *Les Appâts multipliés.*

> Gravure par BONNET, imprimée en couleur.
> Remmargée.

SCHALL
(D'après)

19 — *La Soubrette officieuse.*

> Gravure en couleur, par CHAPONNIER.
> Marge.

SMITH
(Par et d'après J.-R.)

20 — *What you will.*

21 — *A widow.*

22 — *A wife.*

23 — *A maid.*

> London, 1791.
> Quatre gravures en couleur.
> Marges.

---

24 — Sous ce numéro, qui sera divisé, seront vendues des
gravures non cataloguées.

Aquarelles, Dessins, Pastels

BERNARD

(École française, xviiie siècle)

25 — *Portrait de Louis XVI.*

Signé et daté : *1782*.

Haut., 52 cent.; larg., 38 cent.

26 — *Portrait de Marie-Antoinette.*

Signé et daté : *28 nov. 1781*.

Haut., 42 cent ; larg., 36 cent.

Ces deux portraits sont exécutés à la plume en arabesques de calligraphie.

BOUCHER

(Attribué à FRANÇOIS)

27 — *Les Amours aux grappes de raisin.*

Deux amours couchés dos à dos, l'un presque de face et l'autre de profil à gauche, tiennent des deux mains des ceps chargés de raisin.

Dessin à la pierre noire et à l'estompe, rehaussé de sanguine et de blanc.

Haut., 29 cent.; larg., 37 cent.

Gravé par DEMARTEAU.

Cadre en bois sculpté.

27 *bis* — Une Gravure par Demarteau, d'après
Boucher, et représentant le précé-
dent numéro.

BOUCHER
École de FRANÇOIS

28 — *L'Offrande de l'agneau.*

29 — *La Leçon de musique.*

30 — *Propos galants.*

Trois dessins au crayon noir et à l'encre de Chine, exécutés
pour des cartons de tapisserie.

Chaque dessin mesure : Haut., 67 cent.; larg., 49 cent.

BOUCHER
École de FRANÇOIS

31 — *La Vénus aux Colombes.*

Dessin à la sanguine et au crayon noir, avec rehauts de
pastel, sur papier chamois.

Haut., 27 cent.; larg., 43 cent

ÉCOLE FRANÇAISE
(XVIII siècle)

32 — *Le Sémaphore.*

Gouache de forme ovale.

Haut., 25 cent.; larg., 31 cent.

ÉCOLE FRANÇAISE

(xviiie siècle)

DEUX PENDANTS

33 — *Les Cavaliers blancs.*

Gouache.

Haut., 17 cent., larg., 22 cent.

34 — *Le Départ de l'auberge.*

Gouache.

Haut., 17 cent.; larg., 22 cent.

ÉCOLE FRANÇAISE

35 à 38 — *Quatre Vues de châteaux, de cascades, etc.*

Aquarelles.

Haut., 42 cent.; larg., 51 cent.

HUET

(JEAN-BAPTISTE)

Paris, 1745-1811.

39 — *Enfants jouant avec une chèvre.*

Dessin au crayon noir rehaussé de blanc et de sanguine.

Haut., 27 cent.; larg., 32 cent.

PERNET

(École française, xviiie siècle)

DEUX PENDANTS

40 — *Un Palais en ruines au bord d'une rivière.*

Au fond, de l'autre côté d'un pont, on aperçoit les ruines majestueuses d'un palais dont la silhouette se détache sur un ciel clair. Au premier plan, un groupe de personnages est arrêté au bord de l'eau.

Gouache de forme ovale.

Haut., 19 cent.; larg., 15 cent.

41 — *La Colonnade.*

Un palais dont le corps avancé est formé d'une colonnade en hémicycle. Au-dessus d'un pont, on aperçoit un groupe en marbre de figures debout.

Gouache de forme ovale.

Haut., 19 cent.; larg., 14 cent. 1 2.

VIGÉE-LEBRUN

(Mme LOUISE-ÉLISABETH)

(Paris, 1755-1842)

42 — *La Fillette à la charlotte blanche.*

C'est une fillette assise, vue de face, jusqu'à mi-corps, en robe de mousseline blanche et ceinture bleue; sur ses cheveux châtain clair, elle porte une charlotte garnie de dentelle et retenue par un ruban bleu.

Pastel de forme ovale.

Haut., 44 cent. 1 2; larg., 35 cent. 1 2.

Provient de la famille de Choiseul-Praslin.

---

43 — Sous ce numéro, qui sera divisé, seront vendus des dessins non catalogués.

Tableaux Anciens
ET MODERNES

BOSSCHE
(BALTHAZAR VAN DEN)
Anvers, 1681-1715.

DEUX PENDANTS

44 — *Une Chanson à boire.*

Toute la famille est assise autour de la table chargée de victuailles. Les vieux et les jeunes sont près l'un de l'autre et, tandis qu'un serviteur apporte un plateau chargé de fruits, une jeune femme allaite son enfant. Tous lèvent leur verre, tandis qu'au premier plan une fillette, debout, tient une gaufre, appuyée sur un guéridon couvert en partie d'une draperie rouge. Et voici que par le fond de la salle, à gauche, entre il signor Scaramouche jouant du luth et dansant, suivi d'Arlequin qui, lui-même, danse également, et on devine la joie et la gaité de cette réunion familiale.

Signé à gauche.

Toile. Haut., 66 cent.; larg., 83 cent.

45 — *Le Passe-pied.*

Devant la famille assemblée et qui vient de se livrer aux plaisirs d'une agape savoureuse, une fillette et un très jeune gentilhomme dansent un passe-pied, aux accents de la vielle dont joue un vieillard assis près de l'âtre, à droite. Cet âtre est d'importance monumentale, avec ses deux cariatides et le groupe de terre cuite qui le surmonte.

Signé à gauche.

Toile. Haut., 66 cent.; larg., 82 cent.

BOUCHER
(Attribué à FRANÇOIS)

46 — *Amours joufflus au bord d'une source.*

Deux amours gras, roses et nus sont arrêtés et jouent au bord d'une source que l'on aperçoit à droite, composée de deux amours de pierre, qui renversent une urne dans une vasque. A droite, au premier plan, un lion de pierre couché.

Ce charmant tableau pourrait être de Charles Eisen.

Toile. Haut., 48 cent.; larg., 65 cent.

BOUCHER
(École de FRANÇOIS)

47 — *Portrait de Mme de Pompadour.*

Elle est assise sur un sofa, en corsage rouge décolleté, très ornée de fleurs, et elle tient de la main droite un livre dont elle a interrompu la lecture.

La figure, d'harmonie rose et bleue, se détache sur un fond gris.

Panneau. Haut., 14 cent. 1 2; larg., 10 cent. 1 2.

ÉCOLE ALLEMANDE
(XVIIIe siècle)

48 — *Elizabeth, Impératrice de Russie.*

Sur un tertre, à l'entrée d'un camp, en avant de tentes somptueuses, l'Impératrice est en selle sur un cheval noir. Elle porte une armure et est escortée de tout un état-major de femmes à cheval et également en armure. Au-dessus de l'Impératrice, au front couronné de lauriers, plane un aigle portant le sceptre dans ses serres, la tête ceinte d'un diadème.

Dans la plaine qui s'étend en bas, un jeune prince cavalcade au milieu d'un brillant état-major. Un aigle plane au-dessus de lui, tenant dans son bec un rameau d'olivier. Au fond, on aperçoit un fort et un combat de cavalerie. Au premier plan, à droite, différentes pièces d'armure abandonnées sur le sol.

Toile. Haut., 49 cent.; larg., 66 cent.

ÉCOLE ALLEMANDE

(XVIIIe siècle)

**49 — *La Grande Catherine* (Catherine II, Impé-
ratrice de Russie).**

Elle est représentée presque de face, debout, en costume
de grand apparat, manteau de cour, couronne impériale sur
la tête, tenant le sceptre de la main droite, le globe, insigne du
pouvoir, de la main gauche.

Devant elle, sur un coussin, trois autres couronnes royales.
Derrière elle, le fauteuil du trône sous une draperie verte
relevée.

Toile. Haut., 50 cent. 1/2 ; larg., 40 cent.

ÉCOLE FLAMANDE

(XVIIIe siècle)

50 — *Cavalier allant à la chasse.*

Panneau. Haut., 20 cent.; larg., 29 cent.

51 — *La Calèche.*

Panneau. Haut., 20 cent.; larg., 29 ce.t.

**52 — *Cavalier menant un cheval par la bride
au bord d'un lac.***

Panneau. Haut., 20 cent.; larg., 29 cent.

53 — *La Charrette descendant la côte.*

Panneau. Haut., 20 cent. ; larg., 29 cent.

Suite de quatre tableaux.

ÉCOLE FRANÇAISE
(XVIIIᵉ siècle)

54 — *La Fillette au chien blanc.*

La fillette se tient debout, presque de face, appuyée contre
une chaise, sur le coussin de laquelle est couché, en rond, un
griffon blanc taché de jaune.

La fillette est vêtue d'un petit costume de mousseline
blanche à pois, agrémenté de rubans bleus. De la main gauche
elle relève sa robe de dessus et de la main droite elle tient
deux roses.

Toile. Haut., 1 m. 02 ; larg., 74 cent.

ÉCOLE FRANÇAISE
DEUX PENDANTS

55 — *Gentilhomme et jeune femme se prome-*
nant dans un parc.

Panneau. Haut., 31 cent. 1/2 ; larg., 23 cent.

56 — *La Causerie au fond du parc.*

Panneau. Haut., 31 cent. 1/2 ; larg., 23 cent.

KAUFFMANN
Attribué à ANGELICA

57 — *Portrait d'une jeune femme en source.*

C'est une jeune femme, drapée à l'antique, qui s'est couchée au pied d'un arbre et au bord d'une source. Avec une
coquetterie excusable, elle a laissé glisser de son épaule droite
sa tunique blanche, qui découvre ainsi le sein droit. Près d'elle
trois petits amours joufflus et nus s'abandonnent à d'aimables
espiègleries, et derrière eux, à gauche, un homme jeune est
en contemplation devant la belle coquette. Au fond, à droite,
on aperçoit un petit Temple de l'Amour.

Toile. Haut., 1 m. 62 ; larg. 2 m. 35.

LACROIX
(De Marseille)
Ecole française, xviiie siècle.

DEUX PENDANTS

58-59 — *Marines avec figures.*

Toiles. Haut., 1 m. 65 ; larg., 1 m. 40.

LE MOYNE
(FRANÇOIS)
Paris, 1688-1737.

60 — *Le Sommeil de Diane.*

La déesse, après une randonnée, s'est laissée aller au sommeil à l'ombre d'un massif d'arbres : elle est couchée sur le dos ; des draperies bleues ont reçu son corps svelte et nerveux ; son beau torse ferme ne perd rien de sa ligne, grâce au geste du bras droit qui semble défendre contre un rapt son carquois et son arc ; grâce au mouvement relevé du bras gauche, la main ramenée derrière la tête.

Mais la déesse aux pudeurs sévères avait compté sans un vieux faune qui s'est avancé en tapinois, s'est agenouillé près d'elle et, d'une main, soulève peu à peu la gaze rayée blanc et bleu dont la jeune femme avait abrité sa nudité, vainement.

Toile. Haut. 87 cent. ; larg., 1 m. 28.

MADRAZO
(RAYMOND DE)

61 — *Fin de souper.*

Une jeune femme debout, en costume Louis XV, lève une coupe de champagne. Devant elle, une table au désordre harmonieux et, sur le sol, un loup de velours noir et un gant.

Signé à gauche, en bas : *Madrazo*.

Panneau. Haut., 90 cent. ; larg., 72 cent.

MALLET
(JEAN-BAPTISTE)
Grasse, 1756-1835.

62 — *L'Heureux Foyer.*

Dans un intérieur, une jeune femme en blanc se tient debout, tandis que, devant elle, son enfant lui baise les mains. Sur une table, à laquelle s'accoude un personnage vêtu de bleu, on aperçoit deux tasses et une cafetière.

Toile. Haut., 28 cent. ; larg., 21 cent.

Cadre en bois sculpté.

MORLAND
(GEORGE)
Londres, 1763-1804.

63 — *Les Patineurs.*

C'est l'hiver : la rivière est prise et, sur sa glace ferme, les gens s'en viennent patiner. A gauche, un jeune garçon en manteau gris, la canne sous le bras, patine avec grâce, au grand dam de son compagnon, qui vient de choir et l'apostrophe. Vers le milieu, une jeune mère a peine à retenir sa fillette, qui voudrait bien avoir des patins, comme ceux qu'un autre jeune garçon en habit bleu se fait attacher aux semelles, par un compagnon agenouillé sur le sol. Plus calme, à gauche, un chien philosophe se contente de boire de l'eau, à un endroit où la glace fut rompue.

Derrière les figures, le pays s'étend, couvert de neige ; à droite, derrière un tronc d'arbre et la barrière d'un pont rustique, une chaumière porte sur son toit de chaume une épaisse couche de neige. Le ciel est bleu, avec des nuées qui annoncent des bourrasques prochaines.

Signé : *G. Morland, 1791.*

Toile. Haut., 68 cent. ; larg., 88 cent.

Gravé par E. Scott.
Vente Ch. Sedelmeyer, des 16-18 mai 1907, n° 109.

NATTIER
(École de)

64 — *Diane au repos.*

Elle est assise sur un tertre de gazon, au pied d'un arbre,
accoudée du bras droit, la main gauche appuyée sur son arc.
A une branche d'arbre, elle a suspendu son carquois de flèches.
Sa figure se détache sur un fond de paysage.

Toile. Haut., 64 cent.; larg., 58 cent.

SANTERRE
(JEAN-BAPTISTE)
Magny, 1658-1717.

65 — *Portrait de Mlle Desmares (Christine-Antoinette-Charlotte).*

Elle est assise de trois quarts à gauche, en costume noir à
bourrelets rouges, une fraise souple autour du cou, une petite
coiffe à plume bleue sur ses cheveux poudrés. Elle tient de la
main droite un pli fermé et cacheté.

Toile. Haut., 87 cent.; larg., 62 cent. 1/2.

Ce tableau a été gravé par CHEREAU.

SCHENEAU
(JEAN-ELEAZAR)
Schenau, 1737-1807.

DEUX PENDANTS

66 — *Caresses maternelles.*

Dans la baie d'un balcon, sur le bord duquel se trouvent
une cornemuse et un rosier dans un vase de faïence, une
femme jeune et coquette caresse le menton de sa fillette qui
vient de cueillir une fleur et qui est vêtue de satin blanc.
Signé à gauche en bas.

Panneau. Haut., 35 cent.; larg., 28 cent.

Gravé par CHEVILLET, sous le titre : *Image de la Beauté.*

$6\frac{7}{7}$ — *La Réprimande.*

La jeune fille, vêtue de blanc, est grave. Elle détourne la tête et son regard semble annoncer une conscience inquiète. Sa mère, près d'elle, vêtue de jaune, doit lui adresser des propos sévères.

Signé et daté.

Panneau Haut., 34 cent ; larg., 28 cent.

VIGÉE-LEBRUN
Attribué à Mme LOUISE-ELISABETH

68 — *La Rieuse.*

Elle est représentée de dos, la tête tournée vers l'épaule gauche ; l'épaule est nue ; un ruban rouge passe dans ses cheveux clairs bouclés. Elle rit. Ses yeux sont pleins de malice.

Toile, Haut., 54 cent.; larg., 40 cent.

WATTEAU
(LOUIS, dit WATTEAU DE LILLE)
Valenciennes, 1731-1798.

$6\frac{9}{}$ — *Le Passeur.*

Au bord du fleuve, le passeur vient d'amarrer. Il débarque toute une série de personnages et dans son bachot, déjà, d'autres personnages ont pris place. Au fond, de l'autre côté du fleuve, que traverse un pont de pierre, on aperçoit les maisons d'une petite ville aux toitures faites de tuiles rouges.

A droite, en bas, se trouvent des armoiries sous lesquelles on lit :

R. D. *Antonius Dr Mosselman.*

Brux : S. T. B. F. præses-collegii vandale.

D. D. Anno 1780.

Toile, Haut., 1 m. 15 ; larg., 1 m. 20.

$7\frac{}{0}$ — Sous ce numéro, qui sera divisé, seront vendus des tableaux non catalogués.

Objets d'Art & d'Ameublement

FAIENCES & PORCELAINES VARIÉES

71 — Vase en faïence, orné d'arbustes ; anses têtes de béliers.

Haut., 30 cent.

72 — Statuette du Dieu de longévité, en céramique chinoise émaillée.

Haut., 25 cent.

73 — Deux grandes potiches avec couvercles, décor d'arbustes et oiseaux dans le style chinois, en faïence.

74 — Potiche décorée de fleurs en bleu, ancienne faïence de Delft.

Haut., 29 cent.

75 — Petite potiche décorée de fleurs et oiseaux en bleu, ancienne faïence de Delft.

Haut., 22 cent.

76 — Petite potiche avec couvercle, décor de fleurs et oiseaux en bleu, ancienne faïence de Delft.

Haut., 31 cent.

77 — Deux cache-pots de forme ronde, à bords festonnés, en ancienne faïence blanche de Lorraine. Anses mascarons chimériques.

Haut., 19 cent.

78 — Soupière avec couvercle et plateau, en ancienne faïence blanche de Lorraine, bordure d'argent doré.

Haut., 25 cent.

79 — Deux petits bustes en ancienne faïence d'Alcora, représentant l'un un négrillon, l'autre une négresse, revêtus de costumes multicolores.

Haut., 40 cent.

80 — Deux vases en terre vernissée anglaise, à couverte jaspée, anses mufles de lions. Fin du xviii° siècle.

Haut., 39 cent.

81 — Plusieurs soucoupes en porcelaine et faïence variées, avec bordures d'argent doré.

82 — Petit pot a lait avec couvercle, en ancienne porcelaine de Venise, décor de sujets galants.

Haut., 11 cent.

83 — Corbeille ajourée, décorée de draperie, en porcelaine de Saint-Pétersbourg.

Diam., 28 cent.

PORCELAINES DE CHINE

84 — Boîte en forme d'oiseau, en porcelaine de Chine, monture en bronze.

Haut., 18 cent.

85 — Vase cylindrique, en ancienne porcelaine de Chine, orné d'arbustes feuillagés avec fruits.

Haut., 38 cent.

86 — CHIEN couché, en ancien céladon bleu turquoise de la Chine, taché de bleu. Base en bronze doré.

Larg., 26 cent.

87 — BUFFLE couché, en ancien céladon bleu turquoise de la Chine, taché de violet aubergine.

Larg., 20 cent.

88 — DEUX CRAPAUDS en ancien céladon bleu turquoise de la Chine, montés en bronze doré.

Larg., 15 cent.

89 — DEUX VASES quadrilatéraux, en ancien céladon bleu turquoise de la Chine. Couvercles et bases en bronze doré.

Haut., 59 cent.

90 — GROSSE BOUTEILLÉ en ancien céladon bleu turquoise de la Chine.

Haut., 33 cent.

91 — SOCLE demi-circulaire, en ancien céladon bleu turquoise de la Chine.

Larg., 25 cent.

92 — DEUX CHIMÈRES assises, en ancien céladon bleu turquoise de la Chine. Bases en bois.

Haut., 23 cent.

93 — VASE quadrilatéral, en ancien céladon bleu turquoise truité de la Chine, décoré d'ustensiles en léger relief. Monture en bronze doré.

Haut., 40 cent.

94 — DEUX PETITS CHIENS de Fô, en ancien céladon bleu turquoise de la Chine, sur bases rectangulaires.

Haut., 20 cent.

95 — VASE en ancien céladon gris de la Chine, base, col et anse en bronze doré à rocailles ; maison de l'Escalier de Cristal.

Haut., 56 cent.

96 — Coupe en ancien céladon gris craquelé de la Chine,
monture en bronze doré.

Haut., 12 cent.

97 — Deux vases en ancien céladon bleu empois craquelé de
la Chine, montures en bronze doré; maison de l'Escalier
de Cristal.

Haut., 42 cent.

98 — Deux vases en ancien céladon vert truité de la Chine,
montures et couvercles à rocailles, en bronze doré de la
maison de l'Escalier de Cristal.

Haut., 30 cent.

99 — Cache-pot cylindrique, en ancienne porcelaine de Chine
à fond bleu fouetté, monture en bronze doré.

Haut., 18 cent.

100 — Bouteille en ancienne porcelaine blanche de la Chine,
à zones d'ornements gravés sous couverte. Elle est montée
en lampe en bronze doré.

Haut., 50 cent.

101 — Cache-pot hexagone, en ancienne porcelaine flambée
rouge de la Chine, monture en bronze à branchages. Il
contient un bouquet en bronze et métal, à fleurettes d'an-
ciennes porcelaines variées.

Haut., 33 cent.

102 — Deux cornets décorés de rinceaux en bleu, ancienne
porcelaine de Chine.

Haut., 35 cent.

103 — Deux cornets décorés de fleurs et de personnages, en
ancienne porcelaine de Chine.

Haut., 42 cent.

104 — Deux petites chimères en ancienne porcelaine de Chine
émaillée sur biscuit.

Haut., 9 cent.

105 — Deux petits chiens de Fô porte-fleurs, en ancienne porcelaine de Chine émaillée sur biscuit.

Haut., 17 cent.

106 — Deux statuettes de Chinois debout, tenant un vase de fleurs en ancienne porcelaine de Chine.

Haut., 26 cent.

107 — Cache-pot cylindrique, en ancienne porcelaine de Chine, décor de paysages en bleu et manganèse.

Haut., 15 cent.

108 — Petite tasse avec soucoupe, en ancienne porcelaine de Chine, décorée de personnages dans des compartiments.

Haut., 35 millim.

109 — Deux petits pots ovoïdes, en ancienne porcelaine de Chine, époque Kien-lung, décorés de réserves à plantes aquatiques, se détachant sur fond rouge chargé de salamandres.

Haut., 18 cent.

110 — Deux oiseaux sur des troncs d'arbre, en ancienne porcelaine de Chine, époque Kien-lung.

Haut., 43 cent.

111 — Petite tasse avec soucoupe, en ancienne porcelaine de Chine, époque Kien-lung, ornée de personnages et de rochers fleuris.

Hauteur de la tasse, 4 cent.

PORCELAINES FRANÇAISES

112 — Tasse et soucoupe, en ancienne porcelaine tendre de Sèvres, décorées par *Viellard* d'attributs de jardinage sur fond vert à œils-de-perdrix.

Haut., 6 cent.

113 — Tasse et soucoupe, en ancienne porcelaine tendre de Sèvres, décorées par *Viellard* d'attributs de jardinage sur fond semé de pois dorés. Année 1767.

Haut., 65 millim.

114 — TASSE droite avec soucoupe, en ancienne porcelaine tendre de Sèvres, décorée par *Buteux aîné* d'attributs de jardinage sur fond à carrelages. Année 1769.

Haut., 7 cent.

115 — TASSE et soucoupe, décorées par *Viellard et Rosset* d'attributs de jardinage sur fond à carrelage, ancienne porcelaine tendre de Sèvres.

Haut., 6 cent.

116 — TASSE droite et soucoupe, décorées par *Buteux aîné* d'attributs de jardinage, fond violacé à œils-de-perdrix, ancienne porcelaine tendre de Sèvres. Année 1772.

Haut., 7 cent.

117 — TASSE droite avec soucoupe, à décor de médaillons à personnages sur fond gros bleu chargé de points d'émail saillants.

Haut., 75 millim.

118 — TASSE droite et présentoir, décorés de guirlandes de points d'émail saillants sur fond vert.

Haut., 75 millim.

119 — PETITE TASSE droite et soucoupe, à décor doré sur fond gros bleu, ancienne porcelaine tendre de Sèvres.

Haut., 45 millim.

120 — TASSE et soucoupe, décorées par *Viellard* de paysages animés sur fond bleu à œils-de-perdrix, ancienne porcelaine tendre de Sèvres. Année 1764.

Haut., 65 millim.

121 — TASSE droite et soucoupe, en ancienne porcelaine tendre de Sèvres, décorées de zones contenant des fleurs et se détachant sur fond gros bleu. Année 1782. Dorure par *Vincent*. Décor par *Huny*.

Haut., 6 cent.

122 — TASSE droite et soucoupe, ornées de paysages animés sur fond à œils-de-perdrix. Ancienne porcelaine tendre de Sèvres. Année 1769. Décor par *Buteux aîné*.

Haut., 7 cent.

123 — Tasse droite et soucoupe en ancienne porcelaine tendre
de Sèvres, ornées de couronnes de roses et de feuilles de
laurier. Bordure à fond bleu turquoise. Années 1770 et
1772. Décor par *Thévenet aîné.*

Haut., 6 cent.

124 — Tasse droite et soucoupe en ancienne porcelaine tendre
de Sèvres, décorées par *Evans* d'une zone de fleurs se
détachant sur fond à œils-de-perdrix. Année 1777.

Haut., 6 cent.

125 — Tasse droite et soucoupe, ornées de médaillons contenant des marines et se détachant sur fond à carrelages.
Ancienne porcelaine tendre de Sèvres. Année 1781. Décor
par *Bouchet.*

Haut., 7 cent.

126 — Tasse droite et soucoupe, ornées de réserves contenant
des fleurs sur fond vert chargé de quadrillés dorés. Ancienne
porcelaine tendre de Sèvres. Décor par *Dieu.*

Haut., 6 cent.

127 — Tasse droite et soucoupe, en ancienne porcelaine tendre
de Sèvres, à décor d'imbrications dorées.

Haut., 6 cent.

128 — Tasse et soucoupe, en ancienne porcelaine tendre de
Sèvres, à décor de cornes d'abondance en dorure sur fond
noir, encadré de filets violacés à cordons de feuillages en
bleu.

Haut., 5 cent.

129 — Tasse droite et soucoupe, en ancienne porcelaine tendre
de Sèvres, décorées par *Cornaille* de zones à rubans et fleurs,
se détachant sur fond gros bleu chargé de motifs dorés.
Année 1791.

Haut., 65 millim.

130 — Deux petites tasses à deux anses avec soucoupes,
en ancienne porcelaine tendre de Sèvres, décorées par
Chauvaux aîné de réserves contenant des bouquets de fleurs
sur fond gros bleu.

Haut., 45 millim.

131 — Tasse obconique avec couvercle et présentoir, ornée d'un semis de roses au milieu de rayures dorées. Ancienne porcelaine tendre de Sèvres. Année 1775. Décor par *Thévenet aîné*.

> Haut., 12 cent.

132 — Cabaret solitaire, en ancienne porcelaine tendre de Sèvres, décoré de roses semées. Il se compose d'un plateau, d'une théière et d'un sucrier avec couvercles, d'une tasse droite avec soucoupe. Décor par *Tardi*. Année 1784.

> Largeur du plateau, 31 cent.

133 — Aiguière et bassin décorés de fleurs et insectes, en ancienne porcelaine tendre de Sèvres. Année 1755.

> Haut., 17 cent.

134 — Écuelle avec plateau et couvercle, en ancienne porcelaine tendre de Sèvres, à décor de guirlandes de fleurs. Le plateau est muni de deux anses ajourées. Année 1782.

> Diamètre du plateau, 19 cent.

135 — Deux statuettes en ancien biscuit de Sèvres : fillette tenant des fruits dans son tablier et jeune garçon debout, les mains jointes.

> Haut., 21 cent.

136 — Deux vases avec couvercles, en ancienne porcelaine dure de Sèvres, décorés de personnages dans le goût chinois, avec rochers et arbustes en couleur et dorure.

> Haut., 52 cent.

137 — Écuelle avec couvercle et présentoir, en ancienne porcelaine tendre de Vincennes, ornée sur fond bleu marbré, dit de Vincennes, de réserves contenant des amours et des fleurs en camaïeu rose. Année 1753. Décor par *Fabot*. Avec écrin en maroquin rouge doré aux armes de France, de même époque.

> Diamètre du plateau, 23 cent.

138 — PETIT BUSTE de Louis XV, en ancienne porcelaine tendre de Vincennes d'après Jean-Baptiste Lemoyne. Il est revêtu de la cuirasse avec draperie et tourne la tête vers l'épaule gauche. Socle en marbre blanc.

Hauteur du buste, 29 cent.

139 — POT de toilette cylindrique avec couvercle décoré de lambrequins en bleu. Ancienne porcelaine tendre de Saint-Cloud.

Haut., 7 cent.

140 — DEUX PETITS POTS de toilette cylindriques avec couvercles, décorés de lambrequins en bleu. Ancienne porcelaine tendre de Saint-Cloud.

Haut., 6 cent.

141 — DEUX PETITS TABLEAUX en porcelaine dure, à sujets de marine. Fin du XVIIIᵉ siècle.

Haut., 17 cent. ; larg., 18 cent.

142 — GROUPE en biscuit : Mars et Venus surpris par Vulcain. Marqué : *F., fait à Sceaux*.

Haut., 43 cent.

PORCELAINES D'ALLEMAGNE

143 — COUVERT de trois pièces, à manches d'ancienne porcelaine de Saxe, à sujets de chasse.

Longueur du couteau, 21 cent.

144 — VASE POT-POURRI avec couvercle, décoré de fleurs en ronde-bosse. Ancienne porcelaine de Saxe.

Haut., 18 cent.

145 — ÉCRITOIRE munie de deux récipients avec couvercles, en ancienne porcelaine de Saxe, décor de fleurs et petites marines.

Larg., 25 cent.

146 — Tasse trembleuse avec couvercle et présentoir à galerie, décor de compositions de personnages sur fond imbriqué rouge. Ancienne porcelaine de Saxe.

Haut., 12 cent.

147 — Deux assiettes en ancienne porcelaine de Saxe, à marli ajouré; elles sont remplies chacune de branchages fleuris en ronde-bosse.

Diam., 27 cent.

148 — Corbeille ajourée, contenant de grosses fleurs en ronde-bosse; ancienne porcelaine de Saxe.

Larg., 25 cent.

149 — Deux flambeaux en ancienne porcelaine de Saxe, décorés chacun d'un groupe d'enfants tenant l'un un poisson et l'autre un palmier d'où s'échappent les branches porte-lumières. Bases en bronze.

Haut., 52 cent.

150 — Écuelle avec couvercle et présentoir à bords ajourés, en ancienne porcelaine de Saxe, décor de réserves contenant des oiseaux sur fond bleu à imbrications.

Diam., 21 cent.

151 — Écuelle avec couvercle et présentoir, forme feuille, en ancienne porcelaine de Saxe, décorée de sujets galants, avec fleurs en relief.

Largeur du présentoir, 27 cent.

152 — Deux statuettes de nègres, debout chacun auprès d'une corbeille avec couvercle, décorée de fleurs. Les corbeilles sont légèrement variées. Ancienne porcelaine de Saxe.

Haut., 18 cent.

153 — Groupe en ancienne porcelaine de Saxe : la Cueillette des cerises, composition de trois personnages avec arbuste.

Haut., 28 cent.

154 — THÉIÈRE avec couvercle, en forme de singe accroupi, tenant dans ses bras un autre singe et portant sur son dos un troisième petit singe. Décor au naturel. Ancienne porcelaine de Saxe.

Haut., 18 cent.

155 — THÉIÈRE en forme d'écureuil grignotant un fruit, décor au naturel ; ancienne porcelaine de Saxe.

Haut., 14 cent.

156 — DEUX CYGNES blancs à becs noirs, en ancienne porcelaine de Saxe.

Haut., 22 cent.

157 — DEUX OISEAUX à plumages variés, perchés sur des troncs d'arbre ; ancienne porcelaine de Saxe.

Haut., 20 cent.

158 — DEUX CARLINS, chien et chienne, décorés au naturel, en ancienne porcelaine de Saxe.

Haut., 15 cent.

159 — CHIEN King-Charles, petite nature, assis sur un coussin, décoré au naturel ; ancienne porcelaine de Saxe.

Haut., 25 cent.

160 — LION ET LIONNE accompagnée de son petit, décor au naturel ; ancienne porcelaine de Saxe.

Haut., 13 cent.

161 — PANTHÈRE couchée, décorée au naturel, en ancienne porcelaine de Saxe.

Larg., 28 cent.

162 — DEUX VACHES couchées, décorées au naturel sur tertre fleuri. Ancienne porcelaine de Saxe. Bases en bronze.

Longueur de la base, 19 cent.

163 — CHEVAL blanc, cabré, s'appuyant sur un tronc d'arbre fleuri. Ancienne porcelaine de Saxe.

Haut., 26 cent.

164 — DEUX LÉVRIERS courant, décorés au naturel ; ils s'appuient
chacun sur un tronc d'arbre fleuri ; ancienne porcelaine de
Saxe.

Long., 26 cent.

165 — CERF mort, étendu sur un tertre fleuri ; ancienne porce-
celaine de Saxe.

Larg., 25 cent.

166 — PETIT ÉLÉPHANT à caparaçon rose, en porcelaine de Saxe.

Haut., 7 cent.

167 — TRÈS PETITE BREBIS en ancienne porcelaine de Saxe.

Long., 3 cent.

168 — TRÈS PETITE PERRUCHE, même porcelaine.

Haut., 5 cent.

169 — DEUX VASES avec couvercles, en ancienne porcelaine de
Furstenberg, à décor simulant le marbre. Ils sont ornés
chacun de trois figurines en ancien biscuit. Bases en bois
peint gris et doré.

Haut., 39 cent.

170 — DEUX GROUPES DE TROIS ENFANTS, en porcelaine de Damm.

Larg., 21 cent.

171 — GROUPE en porcelaine blanche de Vienne : jeune femme
assise sur un dauphin et accompagnée d'un enfant tenant
une flèche.

Haut., 24 cent.

OBJETS DE VITRINE

172 — BOÎTE ovale émaillée sur cuivre, présentant, sur le couvercle, une scène de collation, avec sujet de chasse au
pourtour ; guirlandes et attributs sur le dessous. Époque
Louis XV.

Long., 75 millim.

173 — MONTRE en or émaillé bleu, ornée d'une peinture sur
émail : portrait de femme en grisaille. Fin de l'époque
Louis XV.

Haut., 6 cent.

174 — Boite ronde, décorée de rayures au vernis et ornée, sur le couvercle, d'une miniature : portrait de femme en corsage décolleté. Époque Louis XVI.

Diam., 6 cent.

175 — Bijou-pendeloque rectangulaire, en or, contenant une miniature : portrait de femme en buste, assise, du temps de Louis XVI. Au revers, un monogramme exécuté en roses sur fond bleu.

Haut., 5 cent ; larg., 4 cent.

176 — Miniature ovale, portrait de femme en corsage gris perle décolleté, en costume Louis XVI. Cadre en argent enrichi de roses.

Haut., 5 cent.

177 — Boite ronde en écaille blonde, galonnée d'or, ornée d'une peinture sur émail : scène de sacrifice. Époque Louis XVI.

Diam., 6 cent.

178 — Boite ronde en écaille brune, ornée, sur le couvercle, d'une miniature : jeune femme dessinant. Sur le dessous, gouache à sujet de fleurs. Époque Louis XVI.

Diam., 8 cent.

179 — Couteau de poche plaqué de nacre, à deux lames, l'une en acier, l'autre en or. Époque Louis XVI.

Long., 11 cent.

180 — Miniature ronde : portrait de femme costumée en Diane. Époque Louis XVI.

Diam., 8 cent.

181 — Miniature ronde : portrait d'homme en habit rayé, par *Fleury*. Époque Louis XVI. Cadre en or avec monogramme au revers.

Diam., 6 cent.

182 — Miniature ovale : portrait d'officier, signée : *R., 1792.*

Grand diam., 5 cent.

183 — MINIATURE ronde : portrait de souverain, signée : *Kasinski*.

Diam., 7 cent.

184 — ÉTUI, en forme de vase, en ancien émail de Saxe, décor de fleurs.

Haut., 10 cent.

185 — INSIGNE de l'ordre de l'Éléphant du Danemark, en émail sur cuivre. XVIIIᵉ siècle.

Larg., 6 cent.

186 — MONTRE à double boîtier, du temps de Louis XVI, en or de couleur ciselé, ornée d'un émail sur cuivre : portrait de femme.

Diam., 4 cent.

187 — RAPE A TABAC en argent, du XVIIIᵉ siècle.

Long., 14 cent.

188 — CUILLER ET FOURCHETTE en argent gravé à armoiries. XVIIIᵉ siècle.

Long., 19 cent.

189 — DRAGEOIR formé d'un coquillage sculpté, à personnages. Monture en or gravé. XVIIIᵉ siècle.

Larg., 6 cent.

190 — BOITE en forme de prêtre, debout, en agate rubanée. Monture en or. XVIIIᵉ siècle.

Haut., 7 cent.

191 — BOITE rectangulaire émaillée sur cuivre, présentant, sur le couvercle, l'Enlèvement d'Europe et, sur le reste de la pièce, des personnages mythologiques. Au revers du couvercle : Persée et Andromède. XVIIIᵉ siècle.

Long., 85 millim.

192 — TROIS PETITES PEINTURES sur émail : portraits et sujet galant. XVIIᵉ et XVIIIᵉ siècles.

Grand diam. de l'une, 5 cent.

193 — Boîte ovale, en or réémaillé bleu, présentant sur le couvercle une petite peinture ovale sur émail, à sujet relatif à l'amour, avec encadrement de demi-perles. Deuxième moitié du xviiie siècle.

Long., 85 millim.

194 — Boîte ovale, en or émaillé, à décor de rayures à fonds bleu et jaune; sur le couvercle, miniature : portrait de femme assise auprès d'une épinette. Fin du xviiie siècle.

Larg., 7 cent.

195 — Boîte oblongue, en or réémaillé, à composition de sujets de chasse. Fin du xviiie siècle.

Long., 9 cent.

196 — Boîte ovale, en or émaillé bleu, ornée sur le couvercle d'une peinture sur émail, à sujet de style antique. Travail de Genève, fin du xviiie siècle.

Long., 8 cent.

197 — Étui porte-tablettes en ivoire, enrichi de bordures de demi-perles. Monture en or. Fin du xviiie siècle.

Haut., 7 cent.

198 — Étui porte-tablettes décoré de fixés, à sujet de paysages animés de scènes champêtres. Monture en or de la fin du xviiie siècle.

Long., 85 millim.

199 — Miniature ovale de l'école anglaise : portrait de femme vêtue de blanc et de bleu, dans un cadre en argent enrichi de roses.

Haut., 10 cent.

200 — Pendeloque en or filigrané, ornée d'un portrait de femme assise, vêtue de blanc. Commencement du xixe siècle.

Haut., 6 cent.

201 — PEINTURE ronde sur émail, portrait d'homme en costume Louis XIV, signée : *Louise Kügler, 1807.*

Diam., 7 cent.

202 — BOITE ronde, décorée de compositions galantes, en grisaille, sur toutes les faces. Ancienne porcelaine d'Allemagne. Monture en or.

Diam., 5 cent.

203 — BOITE ronde, simulant un panier, et décorée de fleurs. Au revers du couvercle, sujet galant en camaïeu bleu. Ancienne porcelaine d'Allemagne.

Larg., 6 cent.

204 — DRAGEOIR de forme ronde, en ancienne porcelaine d'Allemagne, décorée de chiens sur toutes les faces. Monture en or ajouré et ciselé, enrichie de pierreries sur le bec du couvercle.

Diam., 5 cent.

205 — BONBONNIÈRE ronde, en ancienne porcelaine de Saxe, simulant une fleur. A l'intérieur du couvercle, deux enfants costumés dans un paysage.

Diam., 5 cent.

206 — BOITE ronde, en ancienne porcelaine de Saxe, présentant sur toutes les faces des paysages avec vue de château, habitations, ruines et nombreux personnages. Monture en argent.

Diam., 65 millim.

207 — ÉTUI en forme de jambe. Ancienne porcelaine de Saxe.

Long., 10 cent.

208 — BOITE en forme de poisson, en ancienne porcelaine tendre de Mennecy, décorée au naturel.

Long., 10 cent.

209 — PETITE BOITE rectangulaire, montée à cage en cuivre, ornée de gouaches relatives à la mort de Louis XVI et à la Révolution.

Long., 6 cent.; larg., 4 cent.

210 — Petit sabot en or de couleur, avec la devise : *Entrez dans mon petit sabot*.

Long., 8 cent.

211 — Bague-marquise en or de couleur, à chaton enrichi d'un brillant sur fond vert.

Haut., 35 millim.

212 — Petit porte-tablettes à reliure formée de plaques de lapis. Monture en or. Sur l'un des plats, miniature : portrait de femme ; sur l'autre, monogramme exécuté au moyen de petites roses et entouré de diamants-tables et de roses.

Long., 9 cent.

213 — Boîte ronde décorée au vernis ; sur le couvercle, composition galante de personnages en costumes Louis XVI.

Diam., 8 cent.

214 — Petite coupe, forme casque, sur piédouche, en cristal de roche. Monture en argent.

Haut., 15 cent.

215 — Vase minuscule en or de couleur, à anses têtes de satyres, avec culot enrichi de pierreries. Base en jaspe vert sanguin.

Hauteur totale : 11 cent.

216-217 — Cinq tabatières, en forme de souliers, en bois de différentes époques.

Longueur de l'une : 13 cent.

218 — Flacon-tabatière chinois en or, à sujet de personnages et dragons.

Haut., 7 cent.

ÉVENTAILS

219 — ÉVENTAIL à monture d'ivoire argenté et doré, avec feuille en soie peinte, à sujet de concert. Époque Louis XVI. Le revers de la feuille présente une gravure moderne.

Largeur ouvert : 50 cent.

220 — ÉVENTAIL du temps de Louis XVI, à monture d'ivoire, feuille en soie peinte, à sujet allégorique à l'amour.

Largeur ouvert : 50 cent.

221 — ÉVENTAIL du temps de Louis XVI, à monture d'ivoire, feuille en soie peinte avec paillettes : sujet galant et vase.

Largeur ouvert : 49 cent.

222 — ÉVENTAIL à monture d'ivoire argenté et doré Louis XVI. La feuille présente trois médaillons.

Largeur ouvert : 52 cent.

223 — ÉVENTAIL à monture Louis XVI, d'ivoire partiellement peint et doré. La feuille présente une composition allégorique à l'amour.

Largeur ouvert : 45 cent.

224 — ÉVENTAIL en ivoire, décoré au vernis, présentant la délivrance d'Andromède : revers à paysage. XVIIIe siècle.

Largeur ouvert : 57 cent.

225 — ÉVENTAIL en ivoire, décoré au vernis, présentant Danaé et la pluie d'or : revers à paysages. XVIIIe siècle.

Largeur ouvert : 57 cent.

226 — ÉVENTAIL en ivoire sculpté et ajouré simulant un fusil à deux coups.

Largeur ouvert : 59 cent.

OBJETS VARIÉS

227 — Jardinière en bois de placage, garnie de bronzes et ornée, sur une face, d'une mosaïque de Florence, à sujet d'oiseaux, sur fond de jaspe. Époque Louis XVI.

Haut., 27 cent.; larg., 38 cent.

228 — Buvard dans une reliure du xviiie siècle, en maroquin rouge, doré aux fers aux armes de France.

Long., 38 cent.

229 — Boîte simulant des volumes à reliure de cuir fauve doré. xviiie siècle.

Haut., 17 cent.

230 — Petit plateau oblong, en stuc, à dessin régulier, dans une monture en bronze doré à guirlandes, mufles de lions et sphinx. Commencement du xixe siècle.

Larg., 34 cent.

231 — Jardinière en forme de baignoire, en marbre noir garni de bronzes dorés. Commencement du xixe siècle.

Haut., 11 cent.

232 — Deux jardinières quadrilatérales, en métal, à décor imprimé à sujet champêtre. Commencement du xixe siècle.

Haut., 27 cent.

233 — Canne en ivoire, à pomme d'or émaillé bleu à fleurs, avec initiale C couronnée.

Long., 95 cent.

234 — Boîte avec couvercle, en porphyre; bouton de couvercle en bronze. Commencement du xixe siècle.

Haut., 12 cent.

235 — Deux vases en verre blanc opalin, montures en bronze doré. Époque Empire.

Haut., 33 cent.

236 — Petit tableau en mosaïque de Rome : le Pape dans les jardins du Vatican. Encadré.

Haut., 12 cent.; larg., 23 cent.

237 — Petit cabinet à deux portes, en bois, décoré de trophées en dorure sur fond vert. xviiiᵉ siècle.

Haut., 28 cent.

238 — Verre gravé, sur base en argent émaillé et doré.

Haut., 9 cent.

239 — Couteau à poignée d'agate rubanée, avec fourreau en galuchat.

Long., 21 cent.

240 — Coupe sur piédouche, en spath-fluor, garniture en or.

Haut., 10 cent.

241 — Grande jardinière oblongue, en bois peint gris, sur pieds colonnettes cannelés entourés de deux dauphins.

Haut., 1 m. 02

242 — Baromètre-thermomètre en bois sculpté et doré, à décor de cornes d'abondance, guirlandes, etc.

Haut., 90 cent.

243 — Deux bras-appliques à deux lumières, en bois sculpté et doré avec glace.

Haut., 54 cent.

244 — Deux consoles-appliques en bois sculpté et doré, à décor de fleurs, feuilles et palmettes.

Haut., 56 cent.

245 — Deux consoles-appliques en bois sculpté et doré, à cannelures et volutes.

Haut., 50 cent.

246 — Deux consoles-appliques en bois sculpté et doré, à guirlandes de laurier.

Haut., 54 cent.

247 — PETIT SERVICE A THÉ en or, comprenant un plateau rond, une théière, une verseuse, un pot à lait et un sucrier avec couvercle, décor de guirlandes de laurier et rubans entrelacés. Poinçons portant la date de 1780. Anses en ivoire.

Diamètre du plateau, 21 cent.

248 — DEUX FLAMBEAUX-TRÉPIEDS en argent. Commencement du XIXᵉ siècle.

Haut., 27 cent.

249 — ÉCRITOIRE en argent gravé, à décor de rinceaux et armoiries.

Larg., 33 cent.

250 — DEUX CANDÉLABRES à trois lumières, en argent, à tige surmontée d'un vase de fleurs. Maison Boin-Taburet.

Haut., 40 cent.

251 — SERVICE en argent, composé d'une bouilloire, d'une théière, d'une cafetière, d'un pot à lait, d'un sucrier, d'un bol et d'un plateau. Maison Boin-Taburet.

Largeur du plateau, 64 cent.

252 — MIROIR dans un cadre en argent, à rocailles. Chiffré.

Haut., 80 cent.

253 — COUPE ovale en argent, à décor de cannelures. Maison Aucoc.

Haut., 25 cent.; larg., 38 cent.

254 — COFFRET de forme contournée, en jade gris incrusté d'or et de pierres de couleur. Travail indien. Monture en cuivre.

Long., 15 cent.

255 — DEUX PETITS VASES avec couvercles, en jade gris de la Chine, sculptés à feuillages en léger relief.

Haut., 9 cent.

256 — Deux grandes gourdes en ancien émail cloisonné de la
Chine, à fleurs sur fond bleu. Anses dragons en bronze.

Haut., 54 cent.

257 — Deux cires debout, sur lesquels sont montés des personnages ; ancien émail cloisonné de la Chine, à fonds bleu et
jaune.

Haut., 44 cent.

SCULPTURES

258 — Buste, grandeur nature, en terre cuite, portrait de femme
en corsage décolleté, avec draperie. Époque Louis XVI.
Base en marbre.

Haut., 68 cent.

259 — Fontaine avec vasque et sur pied à volutes, en marbre
gris veiné, avec garniture de bronzes. En partie du
xviii⁰ siècle.

Haut., 1 m. 68.

260 — Buste, grandeur nature, en terre cuite, de personnage
portant la cuirasse, la tête levée. Il porte la signature :
Buet, 1769.

Haut., 62 cent.

261 — Buste en marbre blanc, grandeur nature, de jeune femme,
de face, les cheveux retenus par un ruban, la poitrine couverte d'une draperie à l'antique. Fin du xviii⁰ siècle.

Haut., 70 cent.

262 — Statuette de Voltaire debout, en terre cuite peinte.

Haut., 48 cent.

263 — Statuette en marbre polychromé, de courtisane nue
assise, portant de nombreux bijoux. Cette statuette repose
sur une colonne en marbre vert antique, avec chapiteau et
base de bronze. Par *Gérome*. Signée et datée.

Hauteur totale, 1 m. 91.

264 — DEUX COLONNETTES en pierre sculptée. avec traces de dorure. à décor de fleurons et moulures. Ancien travail italien.

Haut., 75 cent.

265 — STATUETTE en marbre blanc « Ceinture dorée ». par *d'Épinay*.

Haut., 49 cent.

266 — DEUX PETITS LIONS assis. en marbre de couleur. Travail italien.

Haut., 48 cent.

PENDULES, BRONZES

267 — PALMIER sur base à rocailles, en bronze doré du temps de Louis XV, orné de petits animaux en jade vert et gris de la Chine, ainsi que d'un petit singe et de feuillages en sardoine.

Haut., 33 cent.

268 — DEUX PETITS CANDÉLABRES à deux lumières. en bronze doré, simulant une treille sur base composée de rocailles. du temps de Louis XV. Ils sont ornés chacun d'une figurine en ancienne porcelaine de Saxe et de fleurettes de porcelaines variées.

Haut., 52 cent.

269 — PETIT ROUET en bronze doré. du temps de Louis XV.

Larg., 34 cent.

270 — DEUX CANDÉLABRES à deux lumières, en bronze, simulant un arbuste sur base à rocailles. du temps de Louis XV. L'arbuste. chargé de fleurettes de porcelaine variées, abrite un oiseau sur un tronc d'arbre. en ancienne porcelaine de Saxe.

Haut., 31 cent.

271 — PENDULE en bronze doré, simulant des ruines, avec décor de rocailles. Époque Louis XV. Cadran signé : *Maupetit, a Paris*. Cette pendule est ornée de fleurettes de porcelaine variées, ainsi que de quatre figurines et d'un petit vase en ancienne porcelaine de Saxe.

Haut., 50 cent.

272 — LUSTRE Louis XV, en bronze et cristaux, disposé pour l'électricité.

Haut., 1 m. 35.

273 — LUSTRE Louis XV, en bronze et cristaux, disposé pour l'électricité.

Haut., 1 m. 35.

274 — LUSTRE Louis XV, en bronze, garni de pyramides et pendeloques en cristal.

Haut., 1 mètre.

275 — PETITE PENDULE en bronze ciselé et doré, ornée de masques de satyres et surmontée d'un vase. Cadran signé : *Lemoine, a Paris*. Époque Louis XVI.

Haut., 30 cent.

276 — DEUX CANDELABRES à trois lumières, formés chacun d'un groupe de trois statuettes de faunesses, du temps de Louis XVI, en bronze à patine brune. Ces faunesses portent un vase contenant les branches porte-lumières, en bronze doré. Bases de marbre blanc.

Haut., 76 cent.

277 — DEUX CANDELABRES à trois lumières, en bronze, à tige surmontée d'un vase enguirlandé de laurier. Époque Louis XVI.

Haut., 25 cent.

278 — DEUX FLAMBEAUX formés chacun d'un vase en marbre blanc contenant un bouquet de fleurs et muni d'une monture en bronze doré, du temps de Louis XVI.

Haut., 25 cent.

279 — CHIEN CANICHE en bronze à patine brune, assis sur un coussin en bronze doré. Base en marbre de couleur. Époque Louis XVI.

Haut., 31 cent.

280 — CASSOLETTE provenant d'un chenet en bronze doré. Elle est supportée par trois pieds à tête d'aigle. Époque Louis XVI. Base en marbre blanc.

Haut., 34 cent.

281 — PENDULE en bronze patiné et doré, ornée de deux figures de femmes, l'une debout, l'autre assise, symbolisant la Sculpture et l'Astronomie. Au-dessus du cadran, un brûle parfum orné de têtes de béliers. Socle en marbre rouge griotte et bronze doré. Époque Louis XVI.

Haut., 70 cent.

282 — PENDULE en marbre blanc, bronze patiné et doré, du temps de Louis XVI, à mouvement surmonté d'une statuette de guerrier antique et placé entre deux colonnettes portant des sphères armillaires.

Haut., 64 cent.

283 — DEUX PETITS BUSTES en bronze doré : Voltaire et Rousseau, sur bases en marbre blanc, à guirlandes de laurier. Fin du XVIIIᵉ siècle.

Haut., 24 cent.

284 — PENDULE en albâtre garnie de bronzes dorés, ornée d'une figure de femme assise et lisant. Commencement du XIXᵉ siècle.

Haut., 29 cent.

285 — DEUX CANDÉLABRES à cinq lumières, en bronze patiné et doré, à cariatides de femmes ailées. Commencement du XIXᵉ siècle.

Haut., 71 cent.

286 — PENDULE en bronze doré, à mouvement porté par quatre colonnettes; décor de draperies. Mouvement signé : *Mercier, à Paris*. Époque Empire.

Haut., 54 cent.

287 — Pendule en bronze patiné et doré, surmontée d'une figure d'amour assis. Mouvement signé : *Mathieu, a Rouen.* Époque Empire.

Haut., 37 cent.

288 — Statuette d'enfant nu, debout, faisant le geste de tirer de l'arc, en bronze patiné. Il est placé sur une base en pierre sculptée à cartouches et consoles du xvie siècle.

Haut., 25 cent.

289 — Pendule en bronze ajouré et doré, rehaussé de petits émaux, d'ancien travail espagnol.

Haut., 50 cent.

290 — Flambeau de bouillotte à trois lumières, en bronze doré.

Haut., 62 cent.

291 — Grand cartel en bronze doré, de forme contournée, orné d'un groupe : Psyché et l'Amour, et surmonté du char de l'Amour se détachant sur un fond simulant les rayons du soleil. Cadran signé : *Lenoir, a Paris.*

Haut., 1 m. 15.

292 — Paire de chenets en bronze, ornés l'un d'un phénix et l'autre d'une salamandre.

Haut., 50 cent.

293 — Deux petits chenets en bronze doré, à figures d'enfants nus étendus sur des coussins.

Haut., 27 cent.

294 — Paire de chenets en bronze doré, modèle à galerie, vase enguirlandé et pomme de pin.

Haut., 37 cent.

295 — Paire de chenets en bronze doré, à galerie portée d'un côté par un griffon et terminée de l'autre par un vase de flammes.

Long., 49 cent.

296 — LANTERNE DE VESTIBULE de forme ronde, en bronze doré, disposée pour l'électricité.

Haut., 90 cent.

297 — BRAS-APPLIQUE à deux lumières, en bronze, à gaine surmontée d'un vase de flammes ; disposé pour l'électricité.

Haut., 48 cent.

298 — PAIRE DE BRAS-APPLIQUES à deux lumières, en bronze, à décor de rocailles et feuillages ; disposés pour l'électricité.

Haut., 52 cent.

299 — DEUX BRAS-APPLIQUES à trois lumières en bronze, modèle à nœuds de rubans et glands ; disposés pour l'électricité.

Haut., 60 cent.

300 — DEUX BRAS-APPLIQUES à trois lumières en bronze, modèle à nœuds de rubans.

Haut., 1; cent.

301 — DEUX BRAS-APPLIQUES à deux lumières en bronze, modèle à carquois, surmonté d'un nœud de ruban.

Haut., 68 cent.

302 — DEUX BRAS-APPLIQUES à deux lumières en bronze, modèle à nœuds de rubans.

Haut., 58 cent.

303 — DEUX BRAS-APPLIQUES à deux lumières en bronze, modèle à gaine surmonté d'un nœud de ruban.

Haut., 86 cent.

304 — DEUX APPLIQUES à quatre lumières en bronze doré, modèle à lyres, nœuds de rubans et couronnes de fleurs.

Haut., 1 m. 42.

305-306 — PLUSIEURS BRAS-APPLIQUES à trois lumières en bronze, modèles à nœuds et glands. (Seront divisés.)

Haut., 80 cent.

307-308 — NOMBREUX BRAS-APPLIQUES à deux lumières en bronze, modèles à nœuds et glands. (Seront divisés.)

309 — DEUX PETITS FLAMBEAUX quadrilobés avec couvercles en bronze doré, à décor de draperies.

Haut., 19 cent.

310 — CANDÉLABRE à deux lumières, formé d'un canard en émail cloisonné de la Chine. Monture en bronze.

Haut., 33 cent.

311 — LUSTRE à neuf lumières en bronze décoré de rocailles ; disposé pour l'électricité.

Haut., 83 cent.

312 — PETIT LUSTRE en bronze et cristaux à six lumières.

Haut., 69 cent.

313 — PETIT LUSTRE, forme corbeille, en bronze et cristaux.

Haut., 60 cent.

314-315 — QUATRE PETITS LUSTRES en bronze doré, ornés de pyramides, de pendeloques et de guirlandes en cristal.

Haut., 65 cent.

SIÈGES ET MEUBLES
PIANO

316 — DEUX GRANDS FAUTEUILS en bois sculpté et doré, du temps de Louis XIV, couverts en velours rouge avec applications.

Haut., 1 m. 21.

317 — TABLE en bois sculpté et redoré, formée d'une console transformée. Décor de palmettes, branchages, cartouches. Pieds réunis par un croisillon. Époque Louis XIV. Dessus de marbre de couleur.

Long., 1 m. 54, larg., 74 cent.

318 — Table rectangulaire, à dessus de marqueterie avec incrustations de nacre et sur quatre pieds carrés en bois sculpté, reliés par un croisillon. xviie siècle.

Haut., 78 cent.; larg., 1 m. 41.

319 — Deux petits fauteuils d'angle, en bois doré à moulures, couverts en velours rouge d'Utrecht, du xviie siècle.

Haut., 71 cent.

320 — Glace dans un cadre en bois sculpté et doré, et glace, contenant une peinture ovale sur toile : portrait de femme en buste. Époque Régence.

Haut., 1 m. 72; larg., 70 cent.

321 — Glace dans un cadre à fronton en bois doré, et glace, décor de quadrillés, rinceaux, palmettes, avec trophées d'armes à la partie supérieure. Époque Régence.

Haut., 1 m. 88; larg., 1 mètre.

322 — Chaise en bois sculpté et redoré, à décor de rocailles et fleurs ; siège et dossier cannés. Époque Régence.

Haut., 97 cent.

323 — Chaise en bois sculpté, à décor de fleurs et rocailles, siège et dossier cannés. Époque Régence.

324 — Petite commode à trois tiroirs, en bois de placage, avec tiroir supérieur formant bureau. Signée : *Pringuet*. Garnitures de bronze, dessus de marbre gris. Époque Louis XV.

Haut., 79 cent.

325 — Fauteuil en bois sculpté à fleurs et feuilles, couvert en broderie de soie, à personnages sur fond de verdure. Époque Louis XV.

Haut., 96 cent.

326 — Grand fauteuil en bois sculpté à fleurs et rocailles, couvert en velours ciselé polychrome, à vase de fleurs. Époque Louis XV.

Haut., 1 m. 63.

327 — Rafraîchissoir en bois sculpté à moulures, sur quatre pieds reliés par deux tablettes. Récipient en métal argenté. Époque Louis XV.

Haut., 74 cent.

328 — Meuble d'entre-deux à hauteur d'appui, fermant à deux portes, en bois de placage; chutes, sabots, entrées de serrure et cul-de-lampe en bronze doré, dessus de marbre. Époque Louis XV.

Haut., 1 m. 12; larg., 1 m. 12.

329 — Deux consoles en bois sculpté, repeint gris et redoré, décorées de rocailles, de coquilles et de fleurs. Dessus de marbre brèche d'Alep. Époque Louis XV.

Haut., 83 cent.; larg., 84 cent.

330 — Table de dame ovale, à un tiroir, formant bureau, en bois de placage. Signée : *Lacroix et R. V. L. C.* Fin de l'époque Louis XV. Garnitures de bronze.

Haut., 75 cent.

331 — Commode à deux tiroirs, en marqueterie de bois de couleur, à dessin d'instruments de musique et vase, garnitures de bronze doré. Tablette de marbre. Fin de l'époque Louis XV.

Haut., 88 cent.; larg., 1 m. 12.

332 — Commode à trois rangs de tiroirs, en marqueterie de bois de couleur, présentant des habitations et des ruines, ainsi qu'une frise de rinceaux. Garnitures de bronze, tablette de marbre bleu turquin. Signée. Fin de l'époque Louis XV.

Haut., 1 m. 10; larg., 80 cent.

333 — Chaise percée, en bois sculpté et doré, à entrelacs de branches de laurier avec fleurs sur la ceinture. Fin de l'époque Louis XV.

Haut., 46 cent.

334 — COMMODE à trois tiroirs, en acajou. garnitures de
bronze, galerie de cuivre, dessus de marbre blanc. Époque
Louis XVI.

Haut., 90 cent.

335 — CONSOLE en bois sculpté, décorée d'entrelacs et de guirlandes de fleurs, pieds cannelés reliés par un croisillon
surmonté d'une corbeille de fleurs. dessus de marbre.
Époque Louis XVI.

Haut., 87 cent.; larg., 1 m. 15.

336 — SECRÉTAIRE à abattant et deux portes en acajou, décoré
de cannelures aux angles. Époque Louis XVI.

Il est surmonté d'un casier à trois cartons. orné de
bronzes : dessus en marbre bleu turquin.

Haut., 1 m. 20.

337 — CANAPÉ. QUATRE FAUTEUILS ET SIX CHAISES en bois sculpté
à nœuds de rubans, sièges et dossiers cannés. époque
Louis XVI. Ils sont munis de coussins en satin vert rayé.

Longueur du canapé, 2 m. 65.

338 — GUÉRIDON rond, en acajou, sur quatre pieds cannelés.
garnitures de cuivre, dessus de marbre blanc. Époque
Louis XVI.

Haut., 75 cent.

339 — MEUBLE D'ENTRE-DEUX à hauteur d'appui. à quatre tiroirs.
en acajou. avec étagères de marbre blanc et glace sur les
côtés. surmontées chacune d'un tiroir à pivot. Garnitures de
bronze. dessus de marbre blanc. Signé : *Saunier*. Époque
Louis XVI.

Haut., 96 cent.; larg., 1 m. 40.

340 — DEUX CONSOLES en bois ajouré, sculpté et repeint gris.
à décor d'entrelacs et guirlandes de fleurs, sur deux pieds
reliés par une traverse surmontée d'un vase. Tablette de
marbre blanc. Époque Louis XVI.

Haut., 84 cent.; larg., 1 m. 06.

341 — **Meuble de salon** composé d'un grand canapé, six fauteuils et deux chaises, en bois sculpté, peint gris et doré, à
colonnettes cannelées surmontées de panaches. Il est couvert
de lampas à dessins de pièces d'eau, oiseaux, corbeilles de
fleurs et portiques, etc., en crème et jaune sur fond bleu
pâle. Époque Louis XVI.

Largeur du canapé, 2 m. 40.

342 — **Deux chaises-voyeuses** en bois sculpté et peint gris, du
temps de Louis XVI. Elles sont recouvertes de velours
orange ciselé à fleurs.

Haut., 89 cent.

343 — **Commode** à trois rangs de tiroirs, en acajou, le tiroir
supérieur du milieu formant bureau et contenant deux autres
tiroirs. Les pieds sont creusés de cannelures obliques.
Tablette de marbre blanc. Époque Louis XVI. Garnitures
de bronze.

Larg., 1 m. 32.

344 — **Deux consoles** demi-circulaires, en bois sculpté, peint
gris et blanc, à décor de rinceaux fleuris sur la ceinture
avec guirlandes de laurier. Tablette de marbre blanc veiné.
Époque Louis XVI.

Haut., 90 cent.; larg., 1 m. 22.

345 — **Chaise longue** en deux parties, du temps de Louis XVI,
en bois sculpté et peint gris, à décor de fleurs, moulures et
cannelures. Elle est couverte de lampas à dessin gris
d'amours et guirlandes, sur fond bleu pâle.

Long., 2 m. 05.

346 — **Petite table-étagère** Louis XVI, de forme rectangulaire, en acajou. Signée : *Rebour*.

Haut., 68 cent.

347 — **Trumeau** en bois sculpté, peint gris et doré, décoré d'un
vase de fruits au milieu de branches feuillagées. Époque
Louis XVI.

Haut., 2 mètres; larg., 1 m. 20.

348 — Commode demi-lune en acajou, munie de trois tiroirs avec portes sur les côtés. Garnitures de bronze, dessus de marbre blanc. Signée : *Dusautoy*. Époque Louis XVI.

Larg., 1 m. 27.

349 — Grand bureau à cylindre Louis XVI, en marqueterie de bois de couleur, à décor de paysages, ruines, attributs et fleurs.

Il est surmonté d'un casier à coulisses orné de deux bustes dans des médaillons.

Haut., 1 m. 51; larg., 1 m. 45.

350 — Petite commode demi-lune en acajou, à deux tiroirs, garnie de bronzes. Époque Louis XVI.

Larg., 70 cent.

351 — Table-rognon en racine, munie d'un tiroir. Époque Louis XVI.

Larg., 70 cent.

352 — Lit à baldaquin, en bois sculpté et doré, à décor de trophées d'attributs de l'amour. Il est garni de lampas à ramages gris sur fond bleu pâle avec couvre-lit et rideaux de même lampas. Époque Louis XVI.

Long., 2 m. 05; larg., 1 m. 25.

353 — Écran Louis XVI formant bureau à cylindre, en racine, dessus de marbre blanc, feuille en moire verte.

Haut., 92 cent.; larg., 55 cent.

354 — Secrétaire droit à abattant, portes et tiroirs, en acajou garni de bronzes dorés, dessus de marbre blanc. Époque Louis XVI.

Haut., 1 m. 42; larg., 1 mètre.

355 — Table-toilette en marqueterie de bois de couleur à filets, contenant plusieurs tiroirs, deux casiers et un compartiment fermé par un abattant muni d'une glace à l'intérieur. Garnitures de bronze. Époque Louis XVI.

Haut., 75 cent.; larg., 72 cent.

356 — DEUX FAUTEUILS ET SIX CHAISES en bois sculpté et repeint gris, époque Louis XVI, couverts en soie rayée et brochée à fleurettes.

Haut., 80 cent.

357 — PETITE ARMOIRE vitrée en marqueterie de bois de couleur ; dessus de marbre blanc. Époque Louis XVI.

Haut., 1 m. 58 ; larg., 99 cent.

358 — FAUTEUIL de bureau en bois sculpté et peint gris, du temps de Louis XVI. Il est recouvert de tapisserie au point, à dessin de petites couronnes sur fond gris.

Haut., 82 cent.

359 — DEUX FAUTEUILS en bois sculpté du temps de Louis XVI, signés : *Girardau*. Ils sont couverts de tapisserie au point, à branches fleuries sur fond gris.

Haut., 89 cent.

360 — TABOURET DE PIEDS en bois sculpté peint gris et doré, du temps de Louis XVI. Il est recouvert de tapisserie au point, à petites couronnes sur fond gris.

Larg., 52 cent.

361 — TABLE-BUREAU à trois tiroirs en bois de placage, garnie de bronzes, dessus de cuivre. Époque Louis XVI.

Long., 1 m. 39 ; larg., 61 cent.

362 — FAUTEUIL de malade à crémaillère en bois sculpté. Époque Louis XVI. Il est recouvert de velours vert à rayures.

Haut., 1 m. 12.

363 — DEUX FAUTEUILS ET DEUX CHAISES en bois sculpté, à rubans et moulures, du temps de Louis XVI. Sièges et dossiers cannés, coussins de velours vert à rayures.

Haut., 95 cent.

364 — DEUX FAUTEUILS en bois sculpté et peint gris, dossiers-médaillons du temps de Louis XVI, couverts de velours vert d'Utrecht.

Haut., 90 cent.

365 — Bidet en acajou sculpté du temps de Louis XVI.

Long., 1 mètre.

366 — Petit bureau à cylindre en bois clair, garni de cuivres, surmonté d'un corps à deux portes munies de glaces. Tablette de marbre blanc. Époque Louis XVI.

Haut., 1 m. 47 ; larg., 76 cent.

367 — Écran en bois sculpté, peint gris et doré, avec feuille du temps de Louis XVI, présentant un vase de fleurs, en broderie chenillée sur fond de satin blanc.

Haut., 1 m. 05.

368 — Console à un tiroir en acajou, garnie de bronzes ; dessus et tablette en marbre blanc. Époque Louis XVI.

Haut., 88 cent. ; larg., 81 cent.

369 — Deux chaises en bois doré, dossiers à lyre, du temps de Louis XVI, sièges couverts en soie rayée et brochée, à fleurettes.

Haut., 89 cent.

370 — Quatre fauteuils en bois sculpté et doré, à rangs de piastres, couverts en satin blanc avec applications de broderie au point de chaînette, à décor d'attributs et corbeilles de fleurs. Époque Louis XVI.

Haut., 89 cent.

371 — Petite table-bureau oblongue, à un tiroir, en bois de citronnier, sur quatre pieds cambrés, reliés par une tablette étroite, dessus de marbre blanc, galerie de cuivre. Époque Louis XVI.

Haut., 74 cent. ; larg., 68 cent.

372 — Table tricoteuse en marqueterie de bois de couleur à losanges. Pieds réunis par une tablette. Époque Louis XVI.

Haut., 72 cent. ; larg., 74 cent.

373 — LIT en bois sculpté, peint gris et bleu pâle, avec petit
ciel de lit ovale, à décor d'entrelacs, colonnettes d'angle, etc.

Long., 2 mètres.

374 — GUÉRIDON rond à dessus de marbre vert de mer, supporté
par un pied balustre en bois de placage, surmonté d'un lion
debout, appuyé sur une colonnette en bronze doré. Fin
du XVIIIᵉ siècle.

Haut., 86 cent.

375 — TABLE ROGNON en racine et marqueterie à guirlandes,
munie d'un tiroir et reposant sur deux pieds lyre réunis
par une entretoise. Fin du XVIIIᵉ siècle.

Haut., 72 cent.; larg., 97 cent.

376 — PETIT BUREAU à cylindre en bois de placage, de la fin du
XVIIIᵉ siècle.

Haut., 97 cent.

377 — DEUX PETITES ENCOIGNURES plaquées d'acajou et munies
chacune d'un tiroir mobile sur pivot. Elles reposent sur
deux colonnettes reliées par un fond plein. Garnitures de
bronze, dessus de marbre blanc ; fin du XVIIIᵉ siècle.

Haut., 86 cent.

378 — TABLE ronde à volets, formant console et fermant à deux
coulisses, bois sculpté à guirlandes. Fin du XVIIIᵉ siècle.

Haut., 79 cent.

379 — TABLE A JOUER en marqueterie de bois de couleur, à
décor de vases, rinceaux, fleurs, etc. Elle s'ouvre à volets et
repose sur quatre pieds carrés mobiles. Fin du XVIIIᵉ siècle.

Haut., 72 cent.; larg., 98 cent.

380 — DEUX PETITES CONSOLES demi-circulaires, en acajou, à
deux pieds cambrés ornées de têtes de béliers en bronze
doré. Fin du XVIIIᵉ siècle.

Haut., 80 cent.

381 — GRAND GUÉRIDON rond, sur trépied, en bois incrusté de cuivre, double tablette de marbre blanc. Galerie de cuivre. Fin du xviiiᵉ siècle.

Diamètre de la grande tablette, 1 m. 02.

382 — PETIT BUREAU bonheur-du-jour, plaqué d'acajou, muni de deux tiroirs, avec partie supérieure fermant à coulisse. Fin du xviiiᵉ siècle.

Haut., 1 mètre.

383 — BUREAU fermant au moyen d'un abattant et d'une coulisse, bois de placage, garnitures de cuivre. Fin du xviiiᵉ siècle.

Haut., 83 cent.; larg., 95 cent.

384 — LIT en acajou, à dossier cintré, décoré de colonnettes cannelées et de frises d'entrelacs. Il est surmonté de pommes de pin en bronze. Fin du xviiiᵉ siècle.

Long., 2 mètres.; larg., 1 m. 10.

385 — DEUX CHAISES à dossier ovale, muni d'un petit pilastre. Bois sculpté. Fin du xviiiᵉ siècle. Elles sont recouvertes de velours vert à rayures.

Haut., 86 cent.

386 — PETITE TORCHÈRE en acajou, à plateau ovale mobile à crémaillère. Elle supporte deux porte-lumières. Fin du xviiiᵉ siècle.

Haut., 80 cent.

387 — PETITE TABLE rectangulaire, sur pieds colonnettes reliés par une tablette, bois de placage. Galerie de cuivre. Commencement du xixᵉ siècle.

Haut., 86 cent.

388 — CANAPÉ orné de bustes de femmes, de style antique, et couvert d'étoffe à fond jaune. Commencement du xixᵉ siècle.

Larg., 1 m. 50.

389 — TABLE DE NUIT de forme ronde, en acajou, garnie d'appliques en bronze doré, dessus de marbre bleu turquin. Commencement du XIXᵉ siècle.

Haut., 70 cent.

390 — ARMOIRE fermant à coulisse, en bois de placage, garnie de bronzes dorés. Commencement du XIXᵉ siècle.

Haut., 1 m. 85.

391 — ÉCRAN formant bureau, en bois de placage et soie verte. Commencement du XIXᵉ siècle.

Haut., 1 m. 25.

392 — PETITE TABLE-TRICOTEUSE ovale, à un tiroir, sur quatre pieds à col de cygne reliés par un petit plateau rond. Bois de placage. Commencement du XIXᵉ siècle.

Larg., 18 cent.

393 — PETITE TABLE en acajou, de forme oblongue, à un tiroir, sur deux pieds colonnettes peints et dorés. En partie du commencement du XIXᵉ siècle.

Haut., 60 cent.

394 — FAUTEUIL DE BUREAU en acajou, de forme cintrée, garni d'étoffe à fond jaune. Style Empire.

Haut., 82 cent.

395 — LIT en acajou, garni d'appliques en bronze doré. Il est couvert d'étoffe à fond jaune. Style Empire.

Long., 2 mètres.

396 — TABLE A OUVRAGE de forme ronde, sur trois pieds reliés par une petite tablette. Style Empire.

Haut., 72 cent.

397 — GLACE dans un cadre en acajou, ornée de deux bras-appliques à deux lumières, en bronze doré, à mufle de lion en bronze patiné noir. Style Empire.

Haut., 1 m. 50 ; larg., 1 m. 21.

398 — GUÉRIDON rond, en acajou, sur trois pieds cambrés reliés par deux tablettes. Garnitures de bronze. Style Empire.

Diam., 94 cent.

399 — SIX CHAISES plaquées d'acajou, à dossier légèrement renversé, couvert en étoffe à fond jaune. Style Empire.

Haut., 88 cent.

400 — PIANO à queue, de Pleyel, n° 137.790.

401 — PETITE ÉTAGÈRE à deux portes, en marqueterie de bois de couleur. Fond de glace.

Haut., 74 cent.

402 — PETITE COMMODE demi-lune, en marqueterie de bois de couleur, à trois tiroirs. Dessus de marbre.

Haut., 1 mètre.

403 — PETIT GUÉRIDON rond en bois de placage, garni de bronzes, dessus de marbre brèche d'Alep.

Haut., 78 cent.

404 — ÉCRAN en bois peint gris ; feuille en tapisserie au point à fleurs sur fond crème.

Haut., 94 cent.

405 — TABLE DE NUIT à coulisse, en acajou, garnie de bronzes, dessus de marbre blanc.

Haut., 77 cent.

406 — CHAISE à dossier ajouré, décor de fleurs en couleur, siège canné. Travail anglais.

Haut., 96 cent.

407 — DEUX GLACES dans des cadres en bois sculpté et doré, à rocailles et fleurs.

Haut., 1 m. 56 ; larg., 72 cent.

408 — TABLE-ROGNON en marqueterie de bois de couleur, à médaillons contenant une branche de fleurs sur fond de losanges à fleurettes. Garnitures de cuivre.

Haut., 72 cent. ; larg., 97 cent.

409 — PETIT GUÉRIDON rond en bois de placage, sur quatre pieds cambrés reliés par une petite tablette. Sabots de bronze.

Haut., 70 cent.

410 — TABLE-GIGOGNE en marqueterie de bois de couleur.

Haut., 66 cent.

411 — PETIT FAUTEUIL en bois sculpté et peint gris, couvert en tapisserie au point à fleurs sur fond gris.

Haut., 69 cent.

412 — TABLE A OUVRAGE de forme ronde, simulant une corbeille, sur trois pieds à torsade.

Haut., 72 cent.

413 — PETITE CONSOLE D'ANGLE en bois sculpté, peint gris et vert, sur un pied à moulures et feuillages. Tablette de marbre bleu turquin.

Haut., 8 cent.

414 — PARAVENT à quatre feuilles décorées de peintures sur toile a dessin d'animaux dans des paysages.

Haut., 1 m. 32.

415 — TABLE de salle à manger ovale, en acajou, sur huit pieds.

416 — SEIZE CHAISES de salle a manger en acajou, siège et dossier cannés, avec coussins de velours bleu pâle rayé.

417 — GRANDE TABLE-TOILETTE de forme rognon, en acajou, munie de cinq tiroirs et d'une tablette mobile et reposant sur quatre pieds. Dessus de marbre bleu turquin. Garnitures de bronze.

Larg., 1 m. 32.

418 — TOILETTE en acajou, garnie de bronzes, avec dessus en marbre blanc.

Larg., 1 m. 55.

419 — FAUTEUIL à dossier arrondi, en acajou, couvert de velours gris d'Utrecht.

Haut., 78 cent.

420 — Deux fauteuils à dossier arrondi, orné d'une lyre, couverts en cuir vert.

Haut., 77 cent.

421 — Servante-étagère de forme ovale, en thuya.

Haut., 1 mètre.

422 — Table-étagère ovale, en bois de placage.

Haut., 73 cent.

423 — Toilette à nombreux tiroirs et dessus de marbre blanc.

Long., 1 m. 36.

424 — Porte-manteau en bois sculpté et canné.

425 — Petite vitrine plate en bronze, genre Louis XVI.

Haut., 74 cent.; larg., 63 cent.

426 — Vitrine murale à une porte, à monture de bronze.

Haut., 1 m. 89; larg., 92 cent; prof., 95 cent.

427 — Vitrine murale à fond de glace, ouvrant à une porte. Monture en bronze.

Haut., 1 m. 70; larg., 91 cent.; prof., 81 cent.

SIÈGES COUVERTS EN TAPISSERIE

428 — Mobilier de salon composé d'un canapé et de six fauteuils, en bois sculpté et doré à grosses fleurs, couverts en tapisserie à bouquets de fleurs enrubannés, sur fond bleu clair avec contrefond jaune. Époque Louis XV.

Largeur du canapé, 2 mètres.

429 — Deux fauteuils en bois sculpté et doré à moulures, couverts en tapisserie du temps de Louis XV, à sujets tirés des fables de La Fontaine, avec encadrements de fleurs, rocailles etc., sur fonds jaune et rouge.

Haut. 1 m. 05.

430 — Deux fauteuils en bois sculpté à fleurs, couverts en
tapisserie à dessins d'oiseaux sur fond crème, encadrés de
fleurs et de rocailles. Époque Louis XV.

Haut., 1 m. 03

431 — Canapé-marquise en bois sculpté et doré à entrelacs,
couvert en tapisserie d'Aubusson du temps de Louis XVI,
à sujets tirés des fables de La Fontaine, avec encadrements de fleurs.

Larg., 02 cent.

432 — Deux fauteuils à dossiers médaillons en bois sculpté
et doré, couverts en tapisserie d'Aubusson du temps de
Louis XVI, à sujets de petits personnages sur les dossiers,
d'animaux sur les sièges.

Haut., 95 cent.

433 — Fauteuil en bois sculpté et doré, couvert en tapisserie
d'Aubusson du temps de Louis XVI, à bouquets de fleurs
sur fond crème.

Haut., 88 cent.

434 — Deux chaises en bois sculpté et doré, couvertes en tapisserie d'Aubusson du temps de Louis XVI, à bouquets de
fleurs sur fond crème, avec contre-fond vert.

Haut., 92 cent.

435 — Banquette en bois sculpté et doré, couverte en tapisserie, à dessin d'attributs et feuillages sur fond rouge. Époque
Louis XVI.

Long., 1 m. 02

TAPISSERIES, RIDEAUX, TAPIS

436 — Tapisserie d'Aubusson du temps de Louis XVI, représentant le jeu du cheval fondu. Fond de paysage.

Haut., 2 m. 40; larg., 1 m. 65.

437 — Tapisserie verdure avec oiseaux, bordure de fleurs. xviiie siècle.

Haut., 2 m. 60; larg., 3 m. 60.

438 — Tapisserie verdure avec oiseaux et cours d'eau. Bordure bleue, à feuilles et fleurs. xviiie siècle.

Haut., 2 m. 50; larg., 2 m. 82.

439 — Bandeau de cheminée en damas rouge avec applications, à dessin de fleurs. xviie siècle.

Long., 1 m. 60.

440 — Deux rideaux en lampas Louis XVI, à ramages gris sur fond bleu pâle.

441 — Dessus de piano en soie blanche brodée de soie de couleur avec dorure. Travail chinois.

Larg., 2 m. 55.

442 — Grand tapis d'Orient à fleurs sur fond rouge, bordure bleue à motifs réguliers entre deux bandes étroites à fond blanc.

Long., 5 m. 85; larg., 2 m. 72.

443 — Tapis d'Orient à motifs réguliers et fleurs sur fond jaune, bordure rouge à arabesques.

Long., 4 m. 35 ; larg., 1 m. 90.

444 — Petit tapis d'Orient à motifs géométriques sur fond rouge, bordure à fond vert.

Long., 2 m. 10 ; larg., 1 m. 46.

445 — Tapis d'Orient à rinceaux sur fond noir, bordure à fond rose.

Long., 3 m. 60 ; larg., 1 m. 90.

446 à 453 — Huit carpettes orientales variées.

RED. :

23

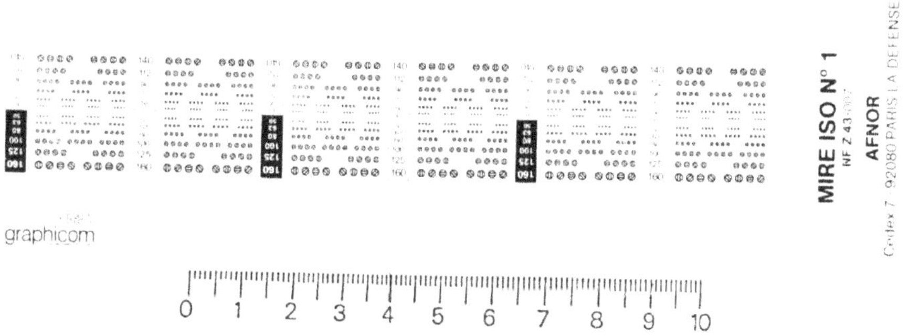

0   1   2   3   4   5   6   7   8   9   10

www.ingramcontent.com/pod-product-compliance
Ingram Content Group UK Ltd.
Pitfield, Milton Keynes, MK11 3LW, UK
UKHW031812170726
13836UKWH00003B/1362